Un fantôme de trop

Henri Delpeux est né à Lyon en 1928. Après ses études d'éducateur, il devient marionnettiste et monte des spectacles qui enchantent les enfants des écoles maternelles. Actuellement spécialiste dans le théâtre pour enfants, il élabore des spectacles avec eux, au cours de stages. Comme son imagination est débordante, il écrit des histoires qu'il publie chez Fleurus, l'École des loisirs, La Farandole et à Bayard Éditions.

Du même auteur dans Bayard Poche :
Bravo, Adhémar ! (J'aime lire)

Yves Calarnou aime bricoler et s'amuser. Il fabrique toutes sortes de jouets pour son fils... et pour lui. Il bricole même ses crayons ! Grand voyageur, il préfère dessiner les paysages qu'il admire plutôt que de prendre des photos. Il travaille depuis des années pour l'édition, la presse et la publicité.

Du même illustrateur dans Bayard Poche :
La forêt maudite (Les belles histoires)

Bayard Éditions est une marque
du département Livre de Bayard Presse
ISBN 2. 227. 72714. 4

Un fantôme de trop

Une histoire écrite par Henri Delpeux
illustrée par Yves Calarnou

BAYARD ÉDITIONS

1

Une très vieille maison

Je suis aujourd'hui un très vieux monsieur et j'ai envie de vous raconter une histoire que j'ai vécue lorsque j'avais neuf ou dix ans… lorsque les dames portaient encore des robes longues et que beaucoup de gens croyaient encore aux… Chut !

Je passais mes vacances d'été chez mes grands-parents et j'aimais beaucoup leur vieille maison, pleine de couloirs, d'alcôves*, de recoins et de cachettes.

Il pleuvait parfois dans ma chambre, le vent passait par certains carreaux, mais c'était quand même une grande et belle demeure. Elle avait été solide, elle était juste fatiguée. Un grand jardin, la rivière et la forêt toutes proches, c'était le paradis !

* C'est un renfoncement dans le mur d'une chambre, dans lequel on place un lit.

À table, Grand-Père et Grand-Mère avaient des conversations que je ne comprenais pas toujours. Ils s'excusaient :

– Allons, François ! Reprends de la tarte et ne t'occupe pas de ce que nous disons.

Mais peu à peu, j'ai deviné qu'ils avaient des soucis au sujet de leur maison. Un certain monsieur Quentin venait parfois leur rendre visite. On le connaissait bien dans la région. C'était l'armurier*. Il chevauchait un superbe cheval blanc et fumait des cigares.

* C'est un homme qui vend des armes.

Ses visites ne faisaient pas plaisir à mes grands-parents. Monsieur Quentin se forçait toujours à rire, mais eux, ils ne se forçaient même pas à sourire devant lui.

Il parlait d'une certaine date, le 1er octobre. C'était la rentrée des classes à cette époque. J'ai fini par comprendre : Grand-Père et Grand-Mère devraient alors quitter leur maison. Pour aller où ? Dans un tout petit appartement, un deux-pièces sans jardin, au quatrième étage, à la ville voisine.

Monsieur Quentin s'écriait en se tapant sur les cuisses :

– Il est parfait, cet appartement que je vous ai trouvé. Vous êtes trop vieux pour vous occuper de cette grande bâtisse branlante !

Oh, je ne l'aimais pas, cet homme-là ! Et Papa et Maman, pourquoi ne s'occupaient-ils pas des grands-parents ? Toujours en voyage ! Je savais d'avance ce qu'ils allaient me répondre si je leur demandais de prendre Grand-Père et Grand-Mère avec nous.

« Mais non, François, diraient-ils, nous sommes déjà tellement serrés dans notre appartement. Ils seront très bien dans ce petit deux-pièces. Bien sûr, ils regretteront leur jardin… »

Un jour, je demandai à Grand-Père, tout en arrosant les dahlias du jardin :

– Et pourquoi monsieur Quentin va-t-il venir s'installer dans votre maison ? Il a le droit ?

– Oui, il a le droit, m'a répondu Grand-Père. J'ai signé un papier. J'ai promis. C'est la loi.

– Eh bien, elle n'est pas drôle, cette loi !

2

Monsieur Quentin a peur

Un matin, monsieur Quentin arriva à la maison, très énervé. Il allait de la cuisine à la salle à manger, comme s'il était chez lui.

– C'est le 1er octobre que j'occupe cette maison. Vous pensez à faire vos bagages ?

– Oh ! Nous avons le temps, soupirait

Grand-Mère. Nous voulons profiter de notre chère maison jusqu'au dernier moment.

Monsieur Quentin s'est assis dans un fauteuil. Il a déclaré :

– Il est temps que je prenne cette maison en main. La toiture va bientôt s'écrouler, les murs se lézardent*, les carreaux sont cassés.

Grand-Père a protesté :

– Vous exagérez, Monsieur Quentin…

– Pas du tout ! Si on laissait faire, il y aurait bientôt des hiboux et des chauves-souris…

Je n'ai pas pu m'empêcher d'ajouter :

– … Et des fantômes !

* Il y a des fentes dans les murs.

Alors, monsieur Quentin a bondi de son fauteuil. Il était pâle comme un linge. Il s'est mis à trembler et à crier :

– Vas-tu te taire ! Celui qui me fera peur n'est pas encore né. Mais les fantômes, ça me fait froid dans le dos. Mon garçon, ne parle plus jamais de fantômes devant moi !

Et il est parti sur son cheval blanc, dans un nuage de poussière.

Grand-Père et Grand-Mère souriaient :

– C'est étonnant ! Ce monsieur Quentin veut tout commander dans le pays, tout acheter, mais il a peur des fantômes ! Qu'est-ce que tu en dis, François ?

– Je dis que c'est bon à savoir.

Grand-Mère me proposa alors d'aller cueillir des mûres, sur le sentier aux chèvres, pour les dernières confitures.

Et le long des buissons, je me disais : « Une grande personne comme monsieur Quentin qui a peur des fantômes ! Pas la peine d'avoir un grand cheval, une grosse voix et des bagues plein les doigts ! »

Moi, je n'y croyais pas, aux fantômes. Les fantômes, ça n'existe pas… ça n'existe pas…

3

Une idée dans le grenier

Grand-Mère décida d'inviter quelques amis pour fêter l'arrivée de l'automne, le 22 septembre, et pour dire au revoir à la maison.

– Pour décrocher la crémaillère*, précisa tristement Grand-Père.

– Ne soyez pas tristes, nous dit Grand-Mère.

* Quand on fête son arrivée dans une nouvelle maison, on dit qu'on « pend la crémaillère ». Ici, c'est le contraire.

Je ferai des tartes aux mûres, des tartes aux poires. Et toi, Grand-Père, tu sortiras de la cave tes dernières bouteilles de cidre. Tu nous aideras, François ?

– Comptez sur moi !

Quelques jours plus tard, monsieur Quentin nous rencontra tous les trois au marché et il nous dit :

– J'ai appris que vous faisiez une petite fête

la semaine prochaine. Je m'invite. J'apporterai le champagne. Allons ! Il faut rester bons amis. Au revoir !

Après le départ de monsieur Quentin, Grand-Père grogna :

– Nous n'avons pas besoin de son champagne ! Quel culot il a, ce bonhomme ! Qu'est-ce que tu en penses, François ?

– Oh ! Laissez-le venir !

J'avais une idée. À peine rentré à la maison, j'ai couru au grenier. Il y avait là des livres, couverts de poussière et de toiles d'araignée. J'ai cherché et j'ai trouvé un album dans lequel de vieilles illustrations montraient un fantôme errant dans un château en Écosse. Hou, hou, à faire froid dans le dos !

Un costume de fantôme, ce n'était pas difficile à réaliser ! Il suffisait de prendre dans l'armoire le plus usé des draps blancs et de percer deux trous pour les yeux…

4

La maison hantée

Le soir de fête arriva. Comme les journées étaient encore douces, nous avions installé des tables dehors, sous des lampions accrochés aux arbres. C'était très joli. Les amis sont arrivés : le pharmacien et son chien, la libraire et son frère, le professeur et sa sœur, mesdemoiselles Coralie et Sidonie.

Chacun offrait un petit cadeau : une photo dans un joli cadre, un châle tricoté à la main, une pipe en vraie bruyère, des livres anciens…

Je faisais circuler les plats de gâteaux et les verres de cidre. Tout le monde s'amusait. On n'aurait pas pensé que c'était une soirée pour dire au revoir aux amis et adieu à la maison.

Soudain, dans un nuage de poussière, monsieur Quentin est arrivé en brandissant des bouteilles de champagne.

Il a commencé à rire, à crier, à faire sauter les bouchons. Il a inondé de mousse le chien du pharmacien, le robe de mademoiselle Sidonie et son costume à lui. Il était le seul à trouver ça drôle.

À la fin, comme il était complètement trempé par le champagne, il a demandé à aller se laver et se sécher.

Grand-Mère l'a envoyé au premier étage :

– Tout au fond du couloir, puis à gauche, vous trouverez le cabinet de toilette. Attention dans l'escalier, Monsieur Quentin. Mais vous connaissez la maison…

Je suis vite monté derrière lui, sans me faire voir, et j'ai mis mon costume de fantôme. Comme par hasard, tout d'un coup, l'électricité a été coupée. Monsieur Quentin sortait du cabinet de toilette.

Je l'ai frôlé, il a poussé un cri et a redescendu l'escalier en quatrième vitesse.

Dans le jardin, les invités se sont immobilisés, un verre à la main ou un morceau de gâteau à la bouche. Ils ont entendu monsieur Quentin marmonner :

– Je l'avais bien dit… chauves-souris… maison délabrée… hantée…

Et ils l'ont vu enfourcher son cheval et partir à fond de train.

Le pharmacien a demandé :

– Mais qu'est-ce qui lui a pris ?

Le professeur a ajouté :

– On dirait qu'il a eu peur de quelque chose… Mais de quoi ?

– Il a peut-être vu un fantôme dans le cabinet de toilette, a dit mademoiselle Coralie.

La libraire a éclaté de rire :

– Vous avez une maison hantée ! Mais c'est passionnant !

Cinq minutes plus tard, je suis revenu discrètement au milieu des invités qui se préparaient à partir en bavardant dans la nuit :

– Au revoir, au revoir et merci… À bientôt !

5

François le fantôme

Le lendemain matin, mes grands-parents étaient en grande discussion.

– C'est incroyable que monsieur Quentin soit parti si vite. Son visage était tout blanc...

– Mais qu'est-ce qu'il a bien pu voir au premier étage ? se demandait Grand-Mère.

Je suis remonté dans ma chambre et, un instant après, un fantôme recouvert d'un drap un peu trop long descendait l'escalier en poussant des soupirs et des grognements.

Grand-Père et Grand-Mère n'ont pas eu peur du tout, et même ils riaient. Grand-Mère a enlevé le drap sous lequel j'étais caché.

– François ! François le fantôme ! C'est comme ça que tu t'es déguisé hier soir pour faire peur à monsieur Quentin ? Bravo !

– Merci, mon garçon, déclara Grand-Père. Tu as fait ça pour dégoûter monsieur Quentin de notre maison. Mais est-ce que ça va vraiment le faire changer d'idée, d'ici le 1er octobre ?... J'en doute.

À ce moment, la libraire est passée à la maison. Elle m'a félicité quand Grand-Mère lui a tout raconté.

– Bravo ! Quel acteur, ce François ! Viens me voir à la librairie, je te donnerai des livres sur les fantômes, puisque ça t'intéresse.

En effet, elle m'a prêté *Les esprits errants, Les revenants* et *Les fantômes anglais.*

Grand-Père n'était pas trop content :

– Tu vas avoir la tête pleine d'histoires à faire peur. Ce n'est pas de ton âge.

– En tout cas, répondait Grand-Mère, monsieur Quentin a bien été effrayé.

– C'est que j'ai beaucoup de talent !

Je faisais le malin. Ça m'avait plu de jouer le fantôme. J'ai décidé de recommencer et de perfectionner mon personnage à l'aide des livres. Je me collais une lampe sous le menton, je m'accrochais un boulet de carton à la

cheville. Je me regardais dans la glace, je travaillais mes cris lugubres.

Le soir même, je suis allé jusqu'à la maison de la libraire. Elle m'a encouragé :

– Il nous manquait un fantôme dans le pays. Continue. Tu es parfait.

Grand-Père n'était pas d'accord :

– J'ai toujours pensé que cette libraire était un peu folle. Arrête ton numéro, mon garçon. Arrête ton théâtre.

Je répondais en faisant l'intéressant :

– C'est pour monsieur Quentin, au cas où il repasserait par ici.

– Il ne faut pas jouer avec les fantômes. On ne sait pas ce que ça peut attirer. Ça porte malheur. Tu m'entends, espèce de comédien ?

Je riais :

– Les vrais fantômes, ça n'existe pas. Ça n'existe pas !

6

Un fantôme dans l'escalier

La nuit suivante, dans ma chambre, j'ai entendu des coups bizarres, comme si quelqu'un tapait du pied au grenier. Les volets ont claqué, alors qu'il n'y avait ni vent ni orage. Les coups étaient de plus en plus forts ; ça aurait dû réveiller mes grands-parents… Mais non ! Il faut dire qu'ils avaient un sommeil de plomb, surtout Grand-Mère.

Je suis sorti de ma chambre et, dans le couloir du premier étage, en haut de l'escalier, j'ai vu… j'ai vu un fantôme ! Oui, un fantôme avec un drap très long, comme celui que j'utilisais pour m'amuser. Il tenait un candélabre à la main, un candélabre avec trois bougies. Je ne rêvais pas.

Le fantôme a descendu l'escalier d'un pas très lourd. Il n'a pas prononcé un mot. Je me suis précipité dans ma chambre alors que le fantôme se dirigeait lentement vers la cuisine. Je me suis enfermé à double tour. Je tremblais. J'avais des frissons partout.

Je n'ai appelé personne, et je ne me suis endormi qu'au matin. Alors... alors... les fantômes, ça peut exister...

Le lendemain, au petit déjeuner, je n'ai rien dit du tout, pas un mot. Grand-Mère était toute douce, comme toujours, mais Grand-Père m'a regardé d'un drôle d'air.

J'avais honte. En jouant au faux fantôme, j'avais attiré chez nous un vrai fantôme.

Je commençais à avoir peur dans cette maison où j'avais été si heureux.

Chaque nuit, je me barricadais dans ma chambre. Mais cela ne m'empêchait pas de trembler de peur. Et si le fantôme sortait de l'armoire, de sous le lit ?

Une nuit, j'ai fait un rêve affreux, un vrai cauchemar. Je passais devant la boutique de monsieur Quentin. Il me faisait entrer de force et me coinçait entre les carabines et les sabres. D'un air terrible, il me disait :

– Je sais que le fantôme de ta maison, c'est toi. Et tu sais ce que je leur fais, aux fantômes, moi ? Je les tue.

Il décrochait un fusil du mur et je criais :

– Vous pouvez me tuer… Il y a maintenant un vrai fantôme chez Grand-Père. Je le jure, je l'ai vu dans la nuit de dimanche à lundi. Il tenait un candélabre avec trois bougies.

– Tu te moques de moi, sale petit menteur ! Fantôme pour rire, fantôme pour pleurer. Tu ne m'échapperas pas !

Il pointait son fusil sur moi. J'arrivais à me sauver, je courais le long de la rivière. J'appelais Grand-Mère à mon secours, mais à la maison je ne trouvais que le fantôme qui m'attendait dans l'escalier. Il ne bougeait pas, il ne faisait rien, mais il allait sûrement me…

Au matin, je me suis réveillé, trempé de sueur. Je me sentais vraiment mal.

Quelques heures plus tard, le facteur nous a apporté une lettre recommandée qui nous apprenait que monsieur Quentin ne nous mettait plus à la porte le 1er octobre. Il avait changé d'avis. Il nous tiendrait au courant…

Grand-Père répétait :

– Incroyable ! Nous sommes tranquilles pour un an au moins.

Grand-Mère m'a pris dans ses bras :

– François ! Tu as réussi… Merci, mon chéri.

7

Fantômes pour jouer

Les vacances étaient terminées. J'étais triste de quitter Grand-Père et Grand-Mère, mais j'étais soulagé de quitter cette vieille demeure où j'avais attiré un vrai fantôme.

Mes grands-parents m'avaient accompagné sur le quai de la gare. Ils étaient bavards.

Grand-Mère répétait :

– François, tu as sauvé notre maison.

Grand-Père ajoutait :

– Si monsieur Quentin la reprend un jour – on ne sait jamais –, il la fera désinfecter, non pas avec de l'anti-rat, mais avec de l'anti-fantôme.

– Oh ! dit Grand-Mère, ça ne me déplairait pas qu'il y ait chez nous un gentil fantôme ; ça donnerait du caractère à notre vieille baraque.

J'allais dire… ça me brûlait les lèvres : « Il y a un vrai fantôme à la maison. Il faut que je vous le dise avant de vous quitter. Les vrais fantômes, ça peut exister… »

Mais je me suis retenu.

Grand-Mère s'est éloignée pour m'acheter des bonbons. Alors, Grand-Père a cligné de l'œil et m'a glissé à l'oreille :

– Je sais ce que tu veux me dire, mon petit. Mais, crois-moi, les fantômes, ça n'existe pas. C'est moi qui ai joué le fantôme dimanche soir, pour que tu arrêtes ton théâtre. C'est un secret entre toi et moi. Pas un mot à Grand-Mère. Chut ! Elle revient !

Le train est arrivé. J'ai embrassé mes grands-parents plus fort que jamais, et j'ai été emmené loin, très loin de la maison de mes vacances d'été.

À Papa et Maman, qui revenaient d'un long voyage, je n'ai rien raconté. Pas la peine, c'était mon secret.

Les années ont passé depuis ce fameux été. Monsieur Quentin ne s'est plus jamais occupé de la maison où Grand-Père et Grand-Mère ont vécu encore des jours heureux, avec fantôme, ou sans fantôme… Je ne sais plus. C'était il y a si longtemps…

Dans la série ***J'aime lire*** *de Bayard Poche il y a plein de livres que tu vas adorer !*

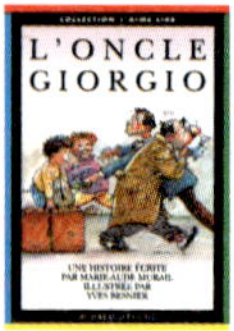

Des livres d'humour

L'oncle Giorgio **(JL 10)**

L'oncle Giorgio est allergique aux enfants. Catastrophe, il est obligé de recevoir son neveu et sa nièce !

Écrit par Marie-Aude Murail et illustré par Yves Besnier.

Des livres fantastiques

La bibliothèque ensorcelée **(JL 35)**

Ce vendredi 13, Aurore Coquille, la bibliothécaire, ne se doute pas que le livre qu'on lui demande va l'entraîner dans une véritable chasse aux sorcières.

Écrit par Évelyne Reberg et illustré par Maurice Rosy.

Des livres frissonnants

Le mot interdit **(JL 6)**

Pas de mot se terminant en « eur ».
C'est la règle du jeu. Un jeu qui peut devenir dangereux pour Thierry.

Écrit par Nicolas de Hirsching et illustré par Jean Claverie.

Des livres d'aventure

C'est la vie, Julie **(JL 1)**

Ce matin, tout va mal, et Julie est loin de se douter qu'elle sera ce jour-là l'héroïne de folles aventures !

Écrit par Évelyne Reberg et illustré par Boiry.

Dans la même collection
J'aime lire

UN DIABLE AU GARAGE GROG

Pour s'amuser, un diable sème le désordre dans la ville. Tout le monde est agacé par ses diableries. Hector, un jeune mécanicien très malin, découvre la cachette du diable et lui vole ses cornes. Mais le diable a plus d'un tour dans son sac, Hector aussi.

Une histoire écrite par Évelyne Reberg
et illustrée par Michel Guiré-Vaka.

LA CHARABIOLE

Petites lunettes, cartable ciré : Quentin Corbillon est un élève modèle. Il sait tout, il a 20 en tout, et il révise même ses leçons pendant les récréations. Bien sûr, la maîtresse le chouchoute... Jusqu'au cours de mathématiques où Quentin répond que les triangles ce sont des « chioukamards à gloupions... ». Depuis ce jour-là, Quentin ne parle plus que dans un incroyable charabia que personne ne comprend. Professeurs, parents, docteurs, tout le monde s'affole. Comment guérir Quentin de cette drôle de maladie ?

Une histoire écrite par Fanny Joly
et illustrée par Claude et Denise Millet.

LE BOULANGER DE ROC-NOIR

Il y a deux siècles, sur l'île de Roc-Noir, Isabelle, la petite orpheline, construit une cabane dans les dunes avec ses amis… Une cabane si réussie qu'ils décident même d'y dormir. Mais Daniel, le fils du boulanger, vient les avertir qu'un fantôme à la tête coupée rôde la nuit sur la plage, au pied de la citadelle où le redoutable gouverneur de l'île tient enfermés ses prisonniers. Seule Isabelle se sent prête à affronter le danger…

Une histoire écrite par Guy Jimenes
et illustrée par Yves Beaujard.

LE ROYAUME DES DEVINETTES

Obo est un garçon si laid que personne ne veut l'aimer. Mais il joue si bien de la flûte qu'un vieillard le met au défi de délivrer Or, la divine princesse prisonnière du roi Riorim. Ce roi, mi-homme mi-crapaud monstrueux, coupe la tête de tous ceux qui ne savent pas répondre à ses terribles devinettes... Heureusement, sous la laideur d'Obo se cache une grande intelligence. Et dans sa poche, il a sa flûte...

Une histoire écrite par Évelyne Reberg
et illustrée par Mette Ivers.

Achevé d'imprimer en mars 1996 par OBERTHUR Graphique
35000 Rennes - N° 126
Dépôt légal éditeur n° 2417 - Avril 1996
Imprimé en France